साहसी सिंदबाद
किसी समय बगदाद में खलीफा हारूं अलरशीद के राज्य में सिंदबाद नाम का एक व्यापारी रहता था। उसने देश-विदेश की समुद्री यात्राएं करके काफी धन कमाया था।

एक बार जब वह व्यापार करने के लिए समुद्री यात्रा पर निकला तो एक भयानक तूफान ने उसके जहाज को अपनी चपेट में ले लिया !
भयानक तूफान है, पाल गिरा दो !

AF833050

तूफान की चपेट से निकलकर किसी तरह उनका जहाज एक सुनसान टापू के किनारे जा लगा।
खुदा का शुक्र है, हम लोग बच गये!

खाने-पीने और कुछ देर आराम करने के बाद सिंदबाद व अन्य यात्री टापू की सैर करने निकल पड़े।
यह तो बिल्कुल निर्जन टापू लगता है!
हां, मेरे विचार से अब हमें लौट चलना चाहिए!

अभी सिंदबाद व उसके साथी वापिस लौटने का विचार कर ही रहे थे कि टापू बुरी तरह हिल उठा।
अरे, यह क्या?
तेज़ भूकम्प लगता है!

उसी समय जहाज के कप्तान की तेज आवाज उनके कानों मे पड़ी ।
भागो - भागो ! यह कोई टापू नहीं, बल्कि एक बड़ी व्हेल मछली की पीठ है। वर्षों से इसी प्रकार तैरते रहने के कारण उस पर पेड़-पौधों का यह जंगल उग आया है। अब यह अपने आराम में खलल पड़ने के कारण पानी में गोता लगाने वाली है !
सभी जहाज की ओर दौड़ने लगे ।
जल्दी आओ, वरना मारे जाओगे !
जल्दी आओ, वरना मारे जाओगे !
कुछ लोग तो जहाज पर चढ़ गए, लेकिन सिंदबाद और कुछ यात्री जहाज तक नहीं पहुंच पाये ।

लुढ़कने से बचने के लिए सिंदबाद ने ह्वेल मछली की पीठ पर उगे पौधों को मजबूती के साथ पकड़ लिया।
जब पानी में उसका दम घुटने लगा तो वह पौधों को छोड़, पानी की ऊपरी सतह की ओर तैरने लगा।
पानी की ऊपरी सतह पर पहुंचने पर न तो उसे अपना जहाज दिखाई दिया और न ही कोई साथी।
अब मैं इस समुद्र को कैसे पार करूंगा। न जाने सब कहां गायब हो गये?
तभी सिंदबाद की दृष्टि कुछ दूरी पर बहते मोटे शहतीर पर पड़ी।
शायद यह शहतीर इस मुसीबत में कुछ सहारा दे!
फिर सिंदबाद शहतीर का सहारा लेकर तैरने लगा।
परन्तु इस मीलों फैले अथाह समुद्र में यह शहतीर कब तक मुझे सहारा दिये रहेगा। यदि जल्दी किनारा न मिला तो?

एक दिन और एक रात उसी शहतीर के सहारे तैरते रहने पर जब सिंदबाद में तैरने की ताकत शेष न रह गई, और वह सारी उम्मीद खो बैठा, तभी अचानक बड़ी-बड़ी लहरें उठने लगीं।
भाग्य ने सिंदबाद का साथ दिया और एक बड़ी लहर ने उसे उठाकर निकट के एक टापू के किनारे पर फेंक दिया।
कुछ देर तक उसी हालत में पड़े रहने के पश्चात् जब सिंदबाद ने आँखें खोलीं तो अपने आपको किनारे पर पड़ा देख वह जल्दी से उठ बैठा।
उफ। कण्ठ सूखा जा रहा है, भूख भी बडी ज़ोर की लगी है।
खाने की तलाश में भटकता हुआ सिंदबाद एक झाड़ी के निकट पहुंचा। झाड़ी में फल लगे थे।
कहीं ये फल जहरीले तो नहीं? देखा जायेगा!
फल जहरीले न होकर स्वादिष्ट थे।
चलो भूख तो शांत हुई, अब पानी की तलाश करनी चाहिए!

कुछ दूर जाने पर पहाड़ी चट्टानों के मध्य उसे एक ठंडे व मीठे पानी का स्रोत मिल गया ।
भूख-प्यास मिटने पर सिंदबाद के मन में टापू को अच्छी तरह देखने की इच्छा हुई और वह टापू में घूमने लगा ।
यहां तो कोई भी नहीं, यहां मैं कितने दिन रह सकूंगा ।
कई दिनों तक उस निर्जन टापू में भटकने के बाद एक दिन---
शायद ऊंचाई से कुछ दिखाई दे जाए !

पेड़ पर चढ़कर सिंदबाद ने चारों ओर नजरें दौड़ाई।
वह क्या हो सकता है... कहीं कोई घर तो नहीं?
दूर उसे एक सफेद-सी चीज चमकती हुई दिखाई दी।
सिंदबाद पेड़ से उतरकर उस सफेद वस्तु के पास पहुंच गया।
यह गोला तो चिकना व चारों ओर से बंद है, इस पर तो चढ़ना भी सम्भव नहीं। आखिर क्या चीज़ है यह?
सिंदबाद अभी उस विशालकाय सफेद गोले का निरीक्षण कर ही रहा था कि तभी अचानक चारों ओर अंधेरा-सा छा गया और बहुत ही तेज़ हवा चलने लगी।

किसी तरह सम्भलकर सिंदबाद ने गर्दन ऊपर उठाई। आकाश के काफी बड़े हिस्से को अपने विशाल परखों से घेरे एक भयानक पक्षी को देखकर उसके कंठ से डरावनी चीख निकल गई।
या खुदा! कैसा भयानक पक्षी है? आज तक नहीं देखा था, सुना ही था केवल!
अब सिंदबाद को मालूम हुआ कि वास्तव में वह सफेद गोला उस विशाल पक्षी का अण्डा है।
जरूर अण्डा सेने आया होगा!
जल्दी ही पक्षी अपने अण्डे के ऊपर आकर बैठ गया।
इस की नज़र मुझ पर पड़ी तो खैर नहीं!

अचानक सिंदबाद को एक उपाय सूझा और उसने एक कपड़े से अपने आपको पक्षी के पंजे से बांध लिया।

दूसरे दिन सिंदबाद की योजना सफल हुई। पक्षी जब उड़ा तो वह भी उसके पंजे में लटका ऊपर आकाश में उठता चला गया!

फिर जैसे ही वह पक्षी घाटी में उतरा, सिंदबाद ने झटपट अपने आपको उसके पंजे से अलग कर लिया ।
कहां लाकर पटका है ? अरे ! यहां तो सांप ही सांप हैं !

तभी सिंदबाद ने उस विशालकाय पक्षी को एक बड़े अजगर नुमा सांप पर झपटते और उसे पंजों में दबोचकर आकाश में उड़ते देखा ।

पक्षी के जाने के बाद सिंदबाद ने उठकर इधर-उधर देखा । चारों तरफ चमक ही चमक थी ।
ओह ! उसने तो मुझे हीरों की घाटी में ला पटका, अब ऊंचे पहाड़ों से मैं निकलूंगा कैसे ?

दिन-भर सांपों से बचता-बचाता सिंदबाद सांझ को एक गुफा के सामने जा पहुंचा।
कम से कम रात तो मैं इस गुफा में सुरक्षित काट सकूंगा!
लेकिन रात होते ही सिंदबाद को मालूम हुआ कि उसने उस गुफा में आकर भारी गलती की है। वास्तव में वहां सांप और अजगरों का वास था, जो रात होते ही अपने बिलों से निकल आये थे।
या खुदा! यहां तो सांप ही सांप भरे हैं, अब तो सुबह से पहले निकलना भी सम्भव नहीं!
रातभर सिंदबाद गुफा के एक कोने में दुबका रहा, सांप रेंगते रहे, उन्होंने सिंदबाद को काटा नहीं, फिर भोर होते ही वे अपने बिलों में चले गये।
उफ! कितनी भयानक रात थी, जल्दी यहां से निकलने का प्रयत्न करूं, वरना यहां दूसरी रात कटनी मुश्किल है।

अभी सिंदबाद गुफा से निकलकर थोड़ी दूर ही चला था कि पहाड़ की चोटियों से मांस के बड़े-बड़े टुकड़ों की वर्षा सी होने लगीं।
सिंदबाद ने उस ओर देखा, जहां से मांस के टुकड़े आ रहे थे। उसे एक पहाड़ की चोटी पर कुछ व्यक्ति खड़े दिखाई दिये।
ओह! हीरों के व्यापारी!
सिंदबाद ने सुन रखा था कि हीरों के व्यापारी मांस के टुकड़े फैंककर विशालकाय पक्षियों द्वारा ऐसी भयानक घाटियों से हीरे किस प्रकार बटोरते हैं।
तुरन्त एक उपाय सिंदबाद के दिमाग में आया और वह झटपट एक कपड़े में हीरे बटोरने लगा।

जल्दी ही हीरों की एक गठरी तैयार कर, सिंदबाद जमीन पर पड़े मांस के एक बड़े टुकड़े से गठरी व स्वयं को बांधने लगा।
भाग्य ने यदि साथ दिया तो जैसे यहां पहुंचा था, वैसे ही निकल भी जाऊंगा!
सिंदबाद को ज्यादा इंतजार नहीं करना पड़ा। घाटी के ऊपर मंडराते विशालकाय पक्षियों में से एक ने उस मांस के टुकड़े पर झपट्टा मारा।
या खुदा, रक्षा करना!
सिंदबाद व मांस के टुकड़े को पंजे में दबाए विशालकाय पक्षी आकाश में उड़ चला।
अब यह जरूर मुझे कहीं अपने घोंसले में लेकर पहुंचेगा!

सिंदबाद का विचार ठीक ही निकला। जल्दी ही पक्षी एक बड़ी-सी चट्टान पर बने अपने घोंसले पर उतरने लगा।
जैसे ही पक्षी अपने घोंसले में पहुंचा सिंदबाद ने अपने आपको मांस के टुकड़े से अलग किया और घोंसले में ही एक सुरक्षित स्थान पर दुबक गया।
कुछ ही देर में हीरों के व्यापारी आते होंगे!
जल्दी ही चट्टान के आस-पास छिपे बहुत से लोग बाहर निकले और शोर मचाने लगे।
हा---हा--!
ओ---ओ!
शायद वे लोग आ गये।

शोर सुनकर पक्षी उड़ गया !
ओ---ओ---!
हा---हा--!
पक्षी के उड़ते ही हीरों के व्यापारी अपने नौकरों के साथ घोंसले में आ पहुंचे। सिंदबाद को वहां देखकर उन्हें बड़ा आश्चर्य हुआ !
ऐ, कौन हो तुम ? यह घोंसला मेरा खरीदा हुआ है।
मेरा नाम सिंदबाद है और मैं मुसीबत का मारा हूं !

सिंदबाद ने उन्हें अपनी सारी आप बीती सुनाई, लेकिन व्यापारियों को उसकी बातों पर विश्वास नहीं हुआ और वे सिंदबाद को कोई चोर-उचक्का समझकर उससे झगड़ने लगे।
तुम अवश्य ही कोई चोर हो, सुनो इस मांस के टुकड़े पर चिपके हीरे हमारे हैं।
हां! यहां आस-पास के सारे घोंसले हमने खरीद रखे हैं।
सिंदबाद ने उन्हें झगड़ता देख युक्ति से ही काम लेना उचित समझा!
सुनो, मैं चोर नहीं हूं, तुम चाहो तो मांस में चिपटे सारे हीरे ले सकते हो, मेरे पास उनसे भी अच्छे हीरे हैं।
क्या?
शायद यह ठीक कह रहा है!
विश्वास दिलाने के लिए सिंदबाद ने उन्हें अपनी गठरी में बंधे हीरे दिखाए!
लो, यह देखो!
बहुत बढ़िया हीरे हैं!
हां, आप लोग मेरी सहायता करें तो कुछ बहुमूल्य हीरे आप को मैं भी दे सकता हूं।

कहो, कैसी सहायता चाहिए?
आप लोगों की सहायता से मैं अपने देश वापिस लौटना चाहता हूं।
ठीक है, हम कल यहां से रवाना होंगे, तुम हमारे साथ ही चलना।
तब मित्रता के नाते यह भेंट स्वीकार करें।
सिंदबाद ने वह दिन और रात एक गुफा में काटी, जहां व्यापारी पहले ही कई दिनों से ठहरे हुए थे।
वास्तव में तुम्हारी कहानी बहुत भयानक है।
तुम जैसे बहादुर आदमी का साथ पाकर हम प्रसन्न हैं।
अगले दिन भोर होते ही उन्होंने अपना डेरा वहां से उठा लिया और समुद्र के किनारे पहुंचे, जहां उनका जहाज खड़ा था।
आओ मित्र, आज से तुम भी व्यापार में हमारे साथ रहोगे।
मैं अपने मित्रों को कभी नाराज़ नही करूंगा।

कुछ देर बाद सभी जहाज में सवार होकर अपनी यात्रा पर निकल पड़े।
आह! कितना सुन्दर दृश्य है!
हां! मौसम भी साफ है, यदि मौसम ऐसा ही रहा तो मार्ग में व्यापार भी अच्छा होगा और जल्दी ही बगदाद भी पहुंच जायेंगे!
उनकी यात्रा आरामपूर्वक चलती रही। मार्ग में उनका जहाज एक बंदरगाह पर व्यापार करने के लिए रुका।
ऐसा नायाब हीरा कहीं देखने को भी नहीं मिलेगा!
वास्तव में हीरा सुन्दर है!
लाओ, यह हीरा मुझे चाहिए! यह लो कीमत!
सभी व्यापारियों को उस व्यापार में बहुत लाभ हुआ।
आज जितना मुनाफा तो कभी नहीं हुआ!
सिंदबाद का साथ बहुत लाभदायक सिद्ध हुआ!
इसी प्रकार एक बंदरगाह से दूसरे बंदरगाह पर व्यापार करते हुए वे लोग आगे बढ़ते रहे, लेकिन यात्रा के दौरान एक रात---
मालिक, तली में छेद होने से पानी तेज़ी से अन्दर भर रहा है!

ओफ! सबको सावधान कर दो, जहाज को निकट के किसी टापू पर ले चलो!
कर्मचारी ने सभी यात्रियों को सावधान किया।
सावधान! जहाज में छेद हो गया है, हमें किसी भी समय जहाज छोड़ना पड़ सकता है!
जहाज में एकदम खलबली मच गई।
उफ! अब क्या होगा?
या खुदा, जल्दी ही जहाज को किसी टापू के किनारे लगा दे।
परन्तु जहाज में तो तेज़ी से पानी भर रहा था!
जहाज अब किसी भी कीमत पर नहीं बच सकता सिंदबाद, हमें नाव पर उतरना ही होगा।

और वे सब नावों पर उतर गये ।
या खुदा, अब क्या होगा ? यहां तो दूर-दूर तक पानी ही पानी है !
धैर्य रखो, खुदा को शायद यही मंजूर था ।
जहाज डूब गया और उनकी नावें समुद्र के सीने पर लहरों के थपेड़े खाती अज्ञात दिशा मे बढ़ चलीं ।
लेकिन दुर्भाग्य ने उनका पीछा नहीं छोड़ा।अचानक ही तेज तूफान उठा ।
हाए ! इस भयानक तूफान से हम अब कैसे बचेंगे ?
बचाओ ! हमारी नाव उलट गयी है !

जब तूफान थमा तब भोर हो चुकी थी।
जल्दी ही किनारा न मिला तो अन्य साथियों की तरह हम भी मारे जाएंगे!
दो नावों पर सवार हमारे सारे साथी डूब गये!
सभी निराश हो चुके थे। तभी कोई व्यापारी चीखा-
अरे! वह देखो, किनारा!
हुर्रे! वह तो कोई टापू है!
टापू को देखकर सभी प्रसन्नता से भर उठे और नावों को तेजी से उसकी तरफ खेने लगे।
जल्दी ही नावें टापू के किनारे आ लगीं और यात्री कूद-कूद कर टापू पर पहुंचने लगे।

लेकिन अभी वे टापू पर पहुंचकर एक कदम भी आगे नहीं बढ़े होंगे कि बहुत से नाटे जंगलियों ने उन्हें शोर मचाते घेर लिया।
हो! हो! हो!
कोई भी इनका विरोध न करे, विरोध करने पर हम में से कोई जिन्दा नहीं बचेगा।
थोड़ी देर बाद ही जंगली उन्हें लेकर एक बड़े काले किले के द्वार पर पहुंच गये।
ओह! इस टापू पर यह अनोखा किला! आश्चर्यजनक!
मुझे तो किसी भयानक संकट की बू आ रही है।
धैर्य रखो, समय आने पर ही सब कुछ होगा!
किले के द्वार पर पहुंचते ही बन्द द्वार अपने आप खुल गया और काले नाटे जंगलियों ने सिंदबाद और उसके साथियों को मार-पीटकर भीतर धकेल दिया।

किला अन्दर से बहुत बड़ा और बिल्कुल सुनसान था ।
इन्होंने तो हमें कैद कर लिया !
अब यहां से निकलना बहुत मुश्किल है !
?
हुम ! कितनी बदबू है यहां, हमारा तो दम घुट जाएगा !
आगे बढ़ने पर उन्हें एक अजीब-सा टूटा-फूटा मकान दिखाई दिया, जो बाहर से एक गुफा जैसा लगता था ।
अरे बाप रे ! यह सब क्या है ?
मनुष्य की हड्डियां ! अवश्य ही यहां कोई राक्षस रहता है ।
घबराने से काम नहीं चलेगा । कोई उपाय सोचो बचने का !
उन सब चीजों को देखकर सिंदबाद व उसके साथियों को यह समझते देर नहीं लगी कि वह किला किसी राक्षस का है। सभी बुरी तरह घबरा उठे ।
हाय ! हाय ! अब मेरा क्या होगा ?
हाय ! मेरे बीवी बच्चे !
मेरा धन !

अपने साथियों की दशा और वहां फैली बदबू के कारण सिंदबाद अचानक चकराकर गिर पड़ा।
अरे, देखो सिंदबाद को क्या हो गया?
सिंदबाद को होश आया तो सांझ हो चुकी थी। उसके साथी अभी भी बिलख रहे थे।
ऊ--ऊ--हू--!
या खुदा! मुझे बचा लो!
यह मुझे क्या हो गया था, उफ! दिमाग बदबू से फटा जा रहा है।
फिर अभी सिंदबाद स्वयं को अच्छी तरह सम्भाल भी नहीं पाया था कि तभी किसी के जोर से दहाड़ने की आवाज गूंजी और गुफा रूपी मकान से एक भयानक राक्षस बाहर निकला।
हा हा हा

दहाड़ता हुआ राक्षस उन लोगों के सामने आकर बैठ गया और उन्हें अपनी एक आंख से घूरने लगा ।
शायद अपने शिकार का निरीक्षण कर रहा है !
फिर उसने हाथ बढ़ाकर सिंदबाद को अपनी मुट्ठी में भर लिया और अपनी आंख के सामने लाकर गौर से देखने लगा ।
लगता है राक्षस सबसे पहले मुझे खायेगा !
लेकिन जल्दी ही उसने मुंह बिचका कर सिंदबाद को जमीन पर पटक दिया और जहाज के मालिक की ओर हाथ बढ़ाया ।
ओह ! मुझे कमज़ोर समझ कर पसंद नहीं किया !

मोटे-ताजे कप्तान (जहाज का मालिक) को उठाकर राक्षस ने उसका भी निरीक्षण किया और अट्टहास करता हुआ उठ खड़ा हुआ।
बचाओ··· बचाओ!
हाहाहा...
राक्षस कप्तान को लेकर भट्टी के पास पहुंचा और एक बड़ी सलाख उसके शरीर में घुसेड़ दी, फिर उसे भट्टी में भूनने लगा।
भूनने के पश्चात्----!
फिर वह डकार लेता हुआ गुफा की तरफ बढ़ गया।

सिंदबाद अपने साथियों के साथ उस स्थान पर पहुंचा, जहां बहुत से बड़े-बड़े लट्ठ पड़े थे। उसमें से उसने एक मोटे एवं लम्बे लट्ठ को चुना।

सब उस लट्ठ को छीलने लगे। लट्ठ छीलते हुए सिंदबाद ने अपने साथियों को बताया —
यह राक्षस की आंख फोड़ने के काम आयेगा। कल नाव से शराब का एक ड्रम ले आयेंगे!
लट्ठ को नुकीला बनाने के बाद उन्होंने उसे गुफा के निकट रख दिया।
जब राक्षस शराब पीकर मस्त होकर सो जायेगा, तब हम उसकी आंख फोड़ देंगे!
सिंदबाद की योजना सभी को पसंद आयी। और भोर होते ही —
शाबाश! सब काम ठीक-ठाक हो गया।
सांझ होते ही राक्षस पुनः दहाड़ता हुआ अपनी गुफा से बाहर निकला। तुरन्त उसे शराब की तेज़ गंध महसूस हुई।
इसमें क्या है?
ताकत की दवा!
ओहो! तब तो मैं इसे जरूर पीऊंगा!

बहुत स्वादिष्ट है!
उसके बाद वह मस्ती से नाचने लगा ।
नाचते-नाचते वह थककर चूर होकर वहीं सो गया ।
मौका अच्छा है, हमें तुरन्त इस नुकिले लट्ठ से इसकी आंख फोड़ देनी चाहिए!
मौका उचित देख सिंदबाद और अन्य सभी ने मिलकर भारी नुकिले लट्ठ को उठाकर राक्षस की इकलौती आंख में घुसेड़ दिया ।
आ आआ..ह ह!!!

आंख फूटने पर पीड़ा से छटपटाता राक्षस सिंदबाद आदि को पकड़ने के लिए इधर-उधर हाथ मारने लगा !
जल्दी किनारे की तरफ भागो।
आ…हुआ…हावा !
मौका पाकर सिंदबाद आदि सभी वहां से भाग निकले और किनारे पर पहुंच गये ।
चलो, जल्दी करो, राक्षस और उसके साथी यहां आते ही होंगे।
नावों में बैठकर वे लोग समुद्र में अभी कुछ ही दूर पहुंचे थे कि राक्षस और उसके साथी वहां पहुंच गये। उन्हें भागता देख वह क्रोधित होकर बड़े-बड़े पत्थर उन पर फैंकने आरम्भ कर दिये !
और तेज़ी से नाव चलाओ !

परन्तु राक्षस और उसके साथी इस बार उन्हें कोई नुकसान नहीं पहुंचा सके। वे सकुशल उस टापू से दूर हो गये!

रात का सफर भी आराम से कटा। अगले दिन सुबह उन्हें दूर से जाता एक जहाज दिखाई दिया। वे सभी कपड़े हिलाते हुए शोर मचाने लगे।
ठहरो... ठहरो!

जहाज के कप्तान की नज़र उन पर पड़ी। वह तुरन्त अपना जहाज उनके निकट ले आया। और सिंदबाद व उसके साथियों को जहाज पर चढ़ा लिया।

वह जहाज बगदाद ही जा रहा था। कुछ ही दिन बाद जहाज बगदाद के बन्दरगाह पर जा लगा।
फिर मुलाकात होगी सिंदबाद!
जरूर, जल्दी ही किसी व्यापार के सिलसिले में!

सिंदबाद अपने घर पहुंचा। जो हीरे वह अपने साथ लाया था, उनको बेचकर उसने बहुत धन कमाया और अपने बीवी-बच्चों के साथ आनन्दपूर्वक रहने लगा।

* 9 7 8 9 3 9 0 4 7 2 9 4 9 *
FCW - #0292 - 061026 - C32 - 246/170/2 - PB - 9789390472949 - Gloss Lamination